A los que les gusta hacer las cosas perfectas con sus excepciones.
Especialmente a Cruz Sánchez Pino y Teresa Martín.

Rocío Martínez

Este libro es el ganador del V concurso Internacional de Álbum Infantil Ilustrado
«Biblioteca Insular. Cabildo de Gran Canaria». El jurado, que otorgó el premio
el 19 de mayo de 2010, estuvo presidido por Luz Caballero Rodríguez,
consejera de Cultura y Patrimonio Histórico y Cultural del Cabildo grancanario;
actuaron como vocales Miguel Calatayud, ilustrador; Arturo González Martín,
miembro de la Organización Española para el Libro Infantil y Juvenil;
Violante Krahe Bloyard, del Grupo Editorial Luis Vives; y como secretaria,
Mara Díaz Guerra, Técnica Bibliotecaria de la Biblioteca Insular de Gran Canaria.

© Del texto e ilustraciones: Rocío Martínez
© De esta edición: Editorial Luis Vives, 2010
   Carretera de Madrid, km 315,700
   50012 Zaragoza
   teléfono: 913 344 883
   www.edelvives.es

Editado por Llanos de la Torre Verdú

ISBN: 978-84-263-7741-8
Depósito legal: Z-3206-2010

Talleres Gráficos Edelvives (50012 Zaragoza)
Certificados ISO 9001
Impreso en España

El de-sastre perfecto

Rocío Martínez

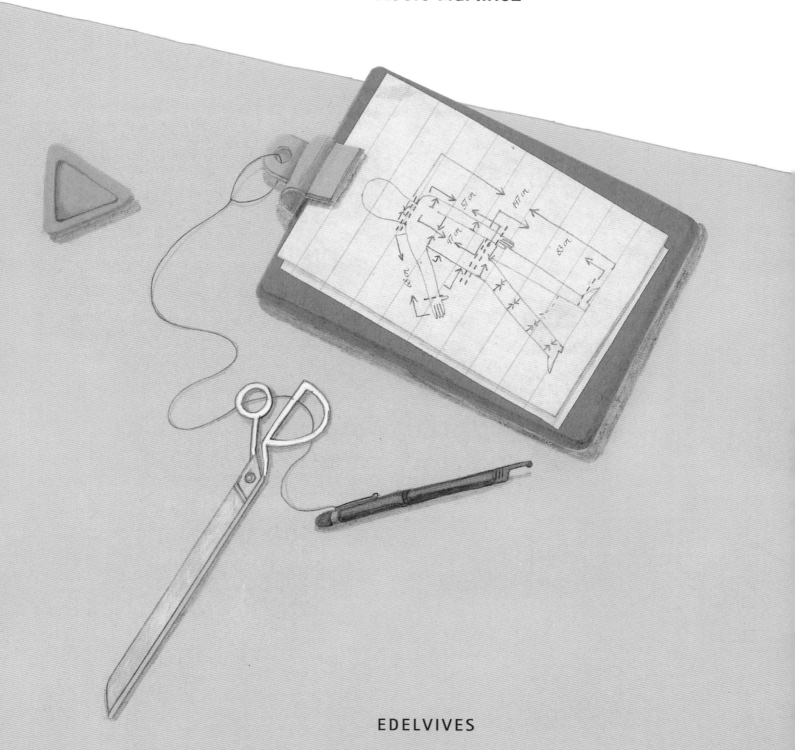

EDELVIVES

Durante años y años dos países estuvieron en guerra destrozando
todo lo que tenían: árboles, montañas, casas... hasta personas.
Y llegó el momento en que se dieron cuenta
de que aquello debía terminar.

Así que firmaron un acuerdo de paz y decidieron celebrarlo

con un gran desfile, símbolo de su buena voluntad.

Entonces, los generales fueron a encargar uniformes nuevos
porque les gustaba tanto lucirse como guerrear.

En uno de los países no hubo problemas, pero en el otro
el sastre, que hacía todo con la mayor perfección,
tenía unos trabajos que terminar.

—¡Es un caso urgente! Por favor —le rogaron—,
en nombre del buen entendimiento con el país vecino,
haga una excepción.

—Está bien —cedió el sastre de forma cabal—,
pero les advierto que los entregaré con poca antelación.

—No importa, siempre que lleguemos a tiempo
para formar —concluyeron satisfechos los tres generales.

Y el sastre comenzó tomando sus medidas.

En cuanto recibió los paquetes, las pasó al patrón.

¡Tenía tantas ganas de extender las telas,
deslizar el jaboncillo y cortar!

Sin embargo, al abrir el envoltorio se llevó una gran sorpresa:
¡¡¡DESASTRE!!!

—¡Esto no es lo que yo había encargado! —aseguró pasmado.

Con las prisas, en el almacén habían confundido los pedidos
enviando unas telas equivocadas.

No había tiempo, no se podía volver atrás.
Recordó entonces las palabras de los generales:
«En nombre del buen entendimiento con el país vecino,
haga una excepción».

Así que tomó la difícil decisión de continuar.

Justo antes del desfile llegaron los trajes.

—¡¡Ahhh!!

—¿¿Ehhh??

—¡¡Ohhh!! —exclamaron los tres generales.

Entonces temieron que con ese atuendo,
poco serio para un desfile militar,
ofenderían al país vecino
y la guerra volvería a comenzar.

A pesar de ello, salieron así vestidos, con mucha dignidad.

Al final del desfile se les acercó la presidenta del otro país.

—Qué detalle tan hermoso han tenido al llevar en sus uniformes símbolos de nuestra tierra— les agradeció conciliadora.
Y además proclamó:

—¡Con esa actitud, la paz durará!

Todos respiraron contentos pensando en celebrarlo muchos años más.

Y, alegres, lo festejaron después con un combo
que venía a bailar.

Aunque alguno, con esas telas de corte militar,
más bien parecía que fuera a desfilar.

Pero es que en toda perfección
puede haber una excepción,
sobre todo si es por conseguir lo más difícil:
¡que perdure la paz!